前世的你，今生的我

龚秋德吉

——著——

四川文艺出版社

图书在版编目（CIP）数据

前世的你，今生的我 / 龚秋德吉著 . -- 成都 : 四
川文艺出版社 , 2025. 6. -- ISBN 978-7-5411-7325-7

Ⅰ . I227

中国国家版本馆 CIP 数据核字第 2025F8S578 号

QIANSHI DE NI，JINSHENG DE WO

前世的你，今生的我

龚秋德吉　著

出 品 人　冯　静
策划编辑　路　嵩
责任编辑　苟婉莹
特约编辑　蒯　燕
装帧设计　悟阅文化
责任校对　文　雯

出版发行　四川文艺出版社（成都市锦江区三色路238号）
网　　址　www.scwys.com
电　　话　028-86361802（发行部）　　028-86361781（编辑部）

排　　版　四川悟阅文化传播有限公司
印　　刷　成都市兴雅致印务有限责任公司
成品尺寸　170mm×240mm　　　开　本　16开
印　　张　15.5　　　　　　　　字　数　160千
版　　次　2025年6月第一版　　　印　次　2025年6月第一次印刷
书　　号　ISBN 978-7-5411-7325-7
定　　价　78.00元

前世的你，今生的我

自2012年初涉诗文，至今已历十余春秋。

十年，仿佛浓缩了一段悠长的人生旅途，沉浸于文字，写给逝去的岁月和日渐老去的自己，将满腔的情感、热爱、渴望与悲喜悉数倾注于字里行间。五百余首诗作，是千百次的低吟浅唱，是心灵深处的自我对话。而今，我选其中百余首，汇聚成册，名曰《前世的你，今生的我》，愿以此书，邀您共赴一场灵魂之宴。

写诗于我，非为名利所驱，亦非为博人眼球。它是我与那些能够心灵相通的灵魂之间的对话，是蓦然回首依旧在诗迹里寻找的曾经，是时光流转中给予我的心灵慰藉。诗歌像是我的精神食粮，更是灵魂的庇护所，让我在纷扰尘世中寻得一份宁静与安然。不求成就，但求成全。

《前世的你，今生的我》是我的第一本诗集，更是我对家乡一份深厚的情谊。每一首诗，都是一个故事的缩影，一段对生活的深情告白，它们诞生于寂静的夜晚，是我在黑暗中的跌跌撞撞，是内心深处情感的自由独白。这份执着，如同对世间清风的无尽眷恋，虽无声却强烈，它承载着我对家乡的无限热爱，化作一行行隽永的诗句，镶嵌在书页之间，与君共勉。

我的家乡，红原，那片孕育了我无数灵感的土地，其山川之壮美、溪流之清澈、羊群之悠然皆为我所深爱。而那游牧民族的磊落胸襟与纯良品质——诚恳为人，更是我心中永恒的风景。家乡它无声无息，却以其独有的方式，给予我心灵的寄托与慰藉，让我在诗歌中找到了表达这份情谊的最佳方式。

　　本诗集，是我十年心力所集，如同我精心抚育的一个孩子。每一首诗，都蕴含着我的情感与思想，流淌着我的血液，注入了我的灵魂。我始终相信这世间总有一束光是属于我的，如果没有，那么写诗也是一件极其美好的事情，像一束遥远的光直到生命的尽头。

　　最后，我衷心希望您能在这本诗集中找到共鸣与感动。若您喜爱，那便是我莫大的荣幸；若您不喜，也请您一笑置之。我深知此集并非无瑕之作，但它承载着我对世界的感知与热爱，是我向世界投去的一缕温柔目光。愿这束光，能照亮您心中的某个角落。

2024 年 8 月

目 录

CONTENTS

第一章

第二章

第二章

第四章

第五章

第六章

第七章

第八章

第九章

第十章

第十一章

第十二章

第十三章

第一章

写一对黄鹂，写一双白鹤
写我放牧时不小心踩碎的花蕾
写一次回眸，写一次孤勇
写我藏在笔尖斟酌三旬的月色

人生海海，不敢叹风尘

我常有一层薄梦
唯有一杯烈酒才能了却的心事
时而庄严，时而卑微
穿过世俗的眼，向我走来

于你，我默不作声
只得在心底浅浅地笑或暗暗伤神
那些旧得不能再旧的事
依然和你有着千丝万缕

我把情话刻下，以备来生
无端地耗尽了我一生的繁华
为此，我写尽落日写尽悲空
风散了，唯有你固若金汤

如果有来生

如果真的有来生
请让我再一次托生为人吧！
也能幸运地带着信仰出生在藏地
如果富的话希望有吃不尽的手抓肉
如果穷的话仅仅只有糌粑也能知足

如果真的有来生
请让我出生在七月的青海湖畔
若不能为人，让我化为一只鹰吧！
让我盘旋在雪域高原无尽的天边
让我自由地翱翔在藏北晨雾的云端

如果真的有来生
请让我出生在鲜花盛开的草原
若不能为人，请让我开成一株花草
让我呼吸着雨后阳光下青草的芳香
让我在四季更替中安然地生长

假如我只是一个诗人

假如，我只是一个诗人
恰好有一双忧郁的眼
又恰巧路过一趟人间
看山河远阔，人间尘烟

假如，我只是一个诗人
雪山空谷，朗朗月色
想和爱人在炉火旁躲一场风雪
若你不在，我岂不白来这一趟

假如，我只是一个诗人
倘若注定独自闯荡
请借一盏轮回路上的明灯
骑一匹白马，游离人间转山或歌唱

寥寥一生

云压得很低，像是被雨洗过
炊烟也摇摇晃晃

你也一定见过，比黄昏更深的夜晚
这样的夜晚，使我想起一切

我是那么地偏爱世间的风
寂静、喧闹、狂热

人间，许多日子清凉而单薄
倘若不曾有出生，也就不会有死亡

从此，孤独和时间是多么珍贵的礼物
好像错过了它们，就将要错过一生

在这里每一天，都接近冬天
每一只鸟，都飞越了千山

每当抬头仰望，风过窗前
凡心一动，又是一趟人间

悄悄地来　悄悄地走

我只是你前世的眷念
所以在今生，悄悄地来又悄悄地走
只为那一眼的承诺
悄悄地，怎能惊醒睡梦中的你

你一定是世间的一缕清风
不然为何，让我享用了这一世的山水
即便是在梦中你悄悄地来过
我也能听到你久别的思念

珠峰上的雪是你前世的记忆
可芸芸众生中的我又是谁呢？
我独自藏匿了世间关于你所有的声音
如今悲喜一程，是前世还是今生

一首诗的重量

我才拾起日落，月光就落在脸上
仅仅活着，也能胜过人间悲欢

你是立春后的一株花开
是千万次的大雨滂沱

于是，我用执念为引，温上一壶薄酒
敬散落在人间那些灵魂相近的人

趁着酒兴，讨人间半晌醉意
你仍在我不由分说的梦里

在人声鼎沸的夜里，听我痴人说梦
在寡淡生活里，贪恋一场人间情爱

我必须告诉风，一首诗的重量
只是，不知心在何方，更容易粉身碎骨

印度河岸的娑罗花

印度河岸的娑罗花
多想借着仙鹤的翅膀
飞过印度河岸的丛林中
听菩提吟诵着千年的箴言

印度河岸的娑罗花
是我在梦中沉眠的地方
一泓清波，一程山水
昼夜无声地将悲欢一并盛放

印度河岸的娑罗花
是我匍匐的灵魂和信仰
一念红尘，一世深情
往返于尘世间，涅槃在高原

渺小的一生

我渴望将灵魂沉浸于宁静的夜晚
在混沌世界中寻觅心灵的归航

孤独无数次向我索取一颗真心
于是，生命开始了一次次的跋涉
我该坦然接受这渺小的一生
风和云恰是我灵魂相伴的故友

仅仅活着是如此地简单
夜间的蛙声，七月的清风
比人生更漫长的春天
在某一瞬间像极了永恒

我遇见过太多这样的夜晚
却无力巧妙地度过这一生
我做过太多类似的梦
却一次次贪恋这渺小的一生

翻滚的大海，清澈的流水
葱翠的原野，北国的夕阳
人们的悲欢总是太过渺小
世间唯有风懂得避让，懂得安放

世俗中的仰望

日子总是有趣的
那些散落在人间的星火
或也平庸，或也无常
在世俗中仰望，如你一般的人
也如我一般赏着风月的人

生活总有百般风浪
不差分毫的命运和相遇
或许比一场寒冬更能抚慰人心
生命时而清醒，时而混沌

我试图探了探岁月的尽头
于是，独自穿过了半生
路遇万盏星光，便知事实皆可原谅
像逆流而上的云，把灵魂都抛给了天空
又让一场秋雨洒满了我的心脏

写给你

我想写一首诗给你
写一次日落，写青草和泥土的相逢

写一对黄鹂，写一双白鹤
写我放牧时不小心踩碎的花蕾
写一次回眸，写一次孤勇
写我藏在笔尖斟酌三旬的月色

写一纸惆怅，写一场宿命
写这满地的爱意，写满心欢喜等一场秋雨
写这人间不过寥寥几笔的思念
全都关于你

生命过去的那一半

前世的擦肩，今生的相伴
山谷的风起了，也轻轻地走了

生命过去的那一半
我多么像一朵飘浮的闲云
只是无意惊扰了谁的梦
冥冥中牵动了前世的尘缘

从此，在人群寻找拂过眉间的清风
沿着思念的方向丰盈了一个春天

前世的雪莲，今生的梵唱
山谷的风起了，也轻轻地走了

生命过去的那一半
我多么像大山拥抱的飞倦的鸟
穿越千千沧海只为寻一处归宿
了却风的纠缠和痴痴的心愿

或许，今生就该把你藏进春风里
藏进我前世的夙愿里

生命过去的那一半
我多么像独自出走的野马
那夜的缰绳试图套住我自由的灵魂
可高原的青草不止热爱狂野的风

你的名字藏在诗里

想做一个寡淡无趣的人
不问前世，无心今生

只在世间走一程
看一眼青山，恋一场黄昏

若你，望向我平静的背影
又怎会看出，赤诚的心一次次地归于平静

若你，看出我眉间的清澈
又怎知我执迷人间，独自沸腾

阳光正在明媒正娶
夜晚的梦里竟然也开出玫瑰

你该知道，在我声情并茂的诗里
从来写不出一个名字和一季春雨

人间朝暮

我把整个灵魂寄给你
寄给你锋芒，寄给你真理

湛蓝的遐想，怎能抵过冬的酣畅
恍若隔世，不曾有过逃亡

人们必须睡在一场梦里
在人间的朝暮里，奋力一梦

云雾撞向山巅，像一场宿命
那些在深谷里老去的灵魂，终如烟尘

晚霞凋落几叶花色，人间尔尔
填满半卷残章，从此风也罢，雨也罢

第二章

我在五月，想起七月的你
于是，写了一封长长的信
不知寄去哪里

彼岸的歌声

当云彩飞过了群山
山谷沉潜，墨染尘香
梦中你模糊的身影
像诺言开出了鲜色的牡丹

当人生的枝叶随意地生长
岁月沉吟，彻夜未眠
某些生命还未出生
某些脚步却早已到达彼岸

当你厌倦了黄昏的夕阳
那么请让我在你的眼中寻找清晨
我是生活在别处的你
在寂静中欢笑，又在热闹中沉静

当我们为彼此的渡缘
即使从未遇见，知道世间有你
也会贪恋一场雨的欢喜
独自哼着彼岸的歌声

前世的你，今生的我

在今生的缝隙里
看见你前世的轮廓

于是我寻遍你的足迹
寻遍雪域高原你的气息
满地格桑花在风里微笑
我知道那一定是你乘愿归来

东山顶上升起的风马
从藏袍的衣袖中腾空而起

漫过山头的桑烟弥漫在藏地
所有的梵音从金色的宫殿里蔓延
于是我守着空山闭目聆听
风从耳畔轻轻拂过

一定是前世的你也在寻觅
佛前的莲花在圣水鼎中盛开

酥油灯芯也在火焰中开出了花瓣
一切幻象皆如重生

你前世的诗句，我今生的动容
只愿今生转遍藏地所有的经筒

我知道，你从未走远
只是远离了喧嚣，远离了世俗
你仍然是佛前绛红的一生
只为挣脱红尘的旧俗罢了

倘若你在
生与死都是美丽的

你前世的牵绊，救赎我今生的情缘
你眼里的清澈，如今是否依然
迎风飘动的经幡沉睡了千百年
幡然惊觉，此番前来只为佛前一眼

把你藏在诗里

在世间所有的声音中
我只爱你
像一场雨的寂静，悄悄地
洒在了夜里

不管你是有意或无意
我和这个不温柔的世界一起爱你
尽管笑里流着几串泪滴
然后拭去又继续爱你

风沉默，雨也停息
我也将写尽我所有的比喻
写成诗谣，哼出歌曲
我们在岁月里相逢，然后相依

五月的来意

把你藏在月光里
只有在夜里，我才能安然地睡去

这一夜人间，像是前世里的延续
也是散落在生命的夹缝中
和我所剩无几的爱情一并走远
为何我每次来到世上，都认不出你

倘若，知道众生有你
我又何必独撑着岁月的孤寂
将五月托付于来生，或将自己托付于你
难以启齿的梦和我承诺的星辰

没有认出我，是因为你也多看了一眼人间
或者，你自由的灵魂也在向你召唤
我轻轻的叹息声和你的心灵低语
将一世情话写在我诗歌最深邃的结尾

那么，请让两个旧识的灵魂告别在风里
告别我此生的清欢，告别我一世的风尘
倘若你也懂得我此生的来意
请送我一笔潦草的诗，就当只为相遇

你是我生命里的风

轻轻地
当我走向你
时间悄悄地停止了
老去的却只有我的容颜
而你俊俏的轮廓依然留在昨天

这高原的风
是你自由的灵魂
你与我，纵然生死相隔
可我知道你幻化成了风的样子
翻越千山万水来赴我一场隔世的誓言

当你经过
我深深地闭上眼睛
感受你的温柔，久久地站立
在你路过的村庄、草原、山野间
你可曾听见我内心的忧伤和思念

若你将要轮回
请你，成为我生命里的风
我会悄悄地告诉你这世间的美好
直到你疲倦，直到你与花凋落
我也会化为尘埃在世间飞舞

相　聚

趁着夜幕到来之前
我要去煮上一杯温润的清茶
好在月色朦胧，享一夜清欢

风已经在来的路上
穿过丛林又越过河岸
夹带着昨日的温柔一起来了

村前一道长长的影子
路灯下歪歪斜斜的是一个醉酒的人
一定也是偷喝了冬日里的暖阳

夜幕降临，风悄然而至
我们的心灵打了个照面
只此一生怎够我们相爱

似是故人来

关于你，我曾有太多的梦
断断续续的像青春里的一页情诗

你来过，像风的轻盈
任由一段深情起伏在心底

若不是偶然，偶然为人
又怎会知道，是故人重逢

因为你，我曾亏欠过风
隐约像是我一生的挚友

我将重叠的云，放在山头
放在少年的谈笑声中

若不是偶然，偶然为人
又怎知是故人重逢

七月的你

我在五月，想起七月的你
于是，写了一封长长的信
不知寄去哪里

每页都写满
没来得及告诉你的心事
翻涌在我生命中无数个日子里

世间的每一个夜晚

是夜，就该黑得一望无际
是梦，就该把光透进生命里

让山间的野鹤奔向闲云，而我奔向你
用世间的每一个夜晚，换取你的依稀思念
我伸出双手去抚摸夜空的星辰，每一颗都是你
每一颗陨落在我心间的尘埃，也都是你

倘若今生我无意中，梦见了你的悲伤
请将这一世春秋，一眼望穿
你一定不堪忍受这一生的孤独
那么请告诉我，你藏在我梦里的脚印
是否可以任凭我独享这月下寂静的山河
纵然踏遍世间的路却未能感受你的悲欢

更迭在世间的每一个夜晚
长风作歌，落雪敲窗
又将一夜的风情洒满我的高原
荒荒流云，泛波无痕

一生滚烫

对于人生，总怕不够虔诚
于是，我总爱站在山间
直到一朵疲惫的云落在我肩上
携带着一些遥远的尘土
看那山花又开了一遍

五月，我们交换了哀伤和欢喜
像珊瑚色的火焰，热烈而神秘
此刻，怕你在春风里，而我在极寒之地
群山与河流也有相视一笑的灵魂
千嶂之外，一生滚烫

深秋里听见的风声

从沉默里踏过的万语千言
是深秋里听见的风声

是梦、是花，也是影子
是你、是我，也如歌声

搅扰了草原的一夜安眠
直到黑夜的灵魂舒展成银河
悄悄地闭上了眼睛，深情一笑

我说风儿，是否有些倦了
不然为何，有马蹄从银河边踏来

或者你已经寻得新的归处
又或者是我的多情搅扰了你的梦

山谷的叹息，像深秋的烟霞
恰巧帐篷里的炉火也冒起晨烟

凡　心

北风又过，轻轻一敲
凡心一动，乘风波澜

一场雨，躲过了六月的风
却躲不过悲喜无常的人间

七月，阳光太过招摇
那些正在枯萎的也像在燃烧

孤独的马匹，在世间走散
不合时宜地肝肠寸断

月光，落在掌心
起风后，都绕过我的灵魂

信 徒

世间有一种情愫
夹带着遥远的忧伤，悄悄地向我走来

纵然千山万水，灼灼热烈的双眸
爱是一生，别是一生

倘若世间有你，再无孤寂可言
像一个信徒，虔诚地走向你

一眼望去，世间除了生与死
都是陈旧的俗事

春风里的二两墨

我不想成为谁的影子
也不做某棵大树的枝干
比起这些，我更希望成为瞬间的昙花
在瞬息间交出所有的芬芳

又或者，只是山野间流淌的溪流
不必问我去向，只想停在一个牧人的身旁

人间忽明忽暗，而我的文字浅薄
潦草的字迹，强撑着与另一个灵魂的相认
所以该怎么落笔呢？

樊笼里的狂风，原本就是自由的
冷峻的山像极了你的眼
只想借着春风里的二两墨
一笔写春风，一笔写春容

飞往你的山

晓梦露台霜，尘心缘尽扬
前世月下空，不负今生望

纷纷归路，我却偏向你的山
如三月兮，飞往遥远的天边

雪域的神山上古老的传说中
凛冽的寒风抖擞了千年的遗梦
轮回中的情诗守在香雾中
谁不叹东风依旧，红颜添愁
谁不见帐房拨香，残阳窗稠

我在山外，我却钟情你的山
你往人间，飞往蒹葭山峦之巅

藏地尘封千年后的一缕清风
恰暮霭中一阵牵魂的檀香
又把世俗的风尘抛在云尘外
梦寐的山间溪头，布衣田间
翘盼的菩提三宝，牧羊归山
缕缕入卷，只愿飞往你的山

萧瑟人间，飞往你静谧的天边
人生的风浪席卷我前世的羁绊

将生命安放在庙堂匍匐的信仰间
纵然生和死的虔诚被你一眼看穿
依然夜看境中灯火，卧赏梵山
依然眷念婆娑世间，独享尘缘

如你一般的人

我在人间藏北
寻常一日

晨雾弥漫
马、帐篷、我
我把自己放进去歇了一会儿
悲欣交集，然后无欲无求

有些人，相遇在人间
有些人，相遇在别处

我遇见过很多人
但都不是你
幸而思念无声
否则，响彻整片高原

山山水水，风月无边
生死悠然，安坐其间

不负这一趟人生

以生的名义去赶赴一场人生
感受着，这岁月缝隙里的烟火
独自璀璨在星海之中
时而跌入深谷幻化成风

没有荒凉的沙丘、戈壁
有的是碧绿的原野
让我可以随处安营扎寨
将信仰和生死都寄存于草原

虔诚地在一场盛大的沉默里
像诗人的冥想，生命在歌唱
归去也如重逢，浮生一遍一遍
唯有灵魂不负今生

第三章

在迁徙的路上
我们都该相识一场
依山傍水　赤足相欢

人　间

我有千层梦
时而有你，时而无你

只是奢求过一点光，一缕爱
哪知，人间匆匆

琥珀色的夜，仿若隔世
一个在世，一个离世

怎敢窥看一场生死
每一个灵魂，都是勇士

夜，一寸寸变浓
仿佛月色也在人间弥留

红尘万丈，佛心永固
几经千帆，万境归空

生而为牧

作为一个牧人
我羞于用笔墨说出
对一粒青稞的情怀
我只能把它放在嘴里
从儿时咀嚼到成年

作为一个牧人
信仰从四面八方涌来
最后流入血脉中交汇
一部分灌溉草原，一部分洗礼灵魂

我想，不该去取悦这个世间的人
我该取悦糌粑，酥油，奶茶
还有那一地碧绿的草原

我想，不该把目光只停留在影子上
我该去看浩浩荡荡的白云
去山巅看一次急促的闪电或灿烂的日出

风

那日，山间无颜色
于是我偷了黄昏的酒，渐步来愁

荒凉的山间有你，增添半世情意
即使几笔带过，也字字是你

你在山野间拾捡的哀愁，请容我珍藏
将它们写进晚霞，写进山谷

浮光掠过人间，闻声而来
从此，一半入尘世，一半踏佛门

落日青山后
我在人间酣醉了一晚，只此一晚

前世是牧人，今生是诗人

须弥山巅
空门内，空门外
是牧人还是诗人

我的虔诚一次又一次
在天亮前，殉葬成繁花
浮云在前世和今生间流浪

你是前世里，我写下的千万首绝句
今生幻化成风，追随一生
未曾错过一场出生和死亡

你为何悄悄地来，悄悄地走
从容地伴着我缘起缘尽
芸芸众生唯你灵魂共振

我的羊群

我的羊群，总在梦里
清晨一起上山，傍晚一起回家

我的羊群，是深爱的星辰
照亮了世间最沉默的夜晚
陪我端坐在孤高的雪山
它的梦和我一样，等待黎明后的阳光

有时候，羊群和我一样地贫瘠
从青草咀嚼到荒草
又从冬夜顽强地走向春天
大山的温柔是我们终身的依靠

我们有相同的声音，相同的信仰
我们追求真理，一样敬畏人间

古道牧云

黑色的帐篷里
生火、烧水、煮茶

无论你是飞倦的鸟
是漫步的牛羊，流浪的白云
都请在我的帐房里歇歇脚

在迁徙的路上
我们都该相识一场
依山傍水　赤足相欢

斑鸠的叫声又穿过了树林
嘎曲草原也将悄然苏醒
高冈的牧云，扇动着翅膀
古道上，万物生花

梵　歌

酥油灯
不会在没有风的地方跳动

河岸、山岗、溪流
也把一切托付给了神明

山间的比丘
似莲花的坐姿的神佛

就连尘埃、泥泞、土壤
都闪着耀眼的光芒

有一种祷告穿透心灵
那些与灵性相似的东西

像迷雾中的经筒
转动的时候也很平静

那些智慧被深深地埋葬着
孤独者依旧通过孤独在飞翔

今夜的风

今夜的风中
夹带着一丝倦意
仿佛从很远的地方赶来
只要伸出手去，它便息落在指间

浸透人间烟火的心
在有诗的日子里永不腐朽
比起毫无征兆地失去
更喜欢那些忽远忽近的风

暮色向晚，星辰降至
世界本该如此单纯
风从夜幕的眼中升起
而你只有在深夜才能上岸

我的草原，你的海岸

北方门前
我的草原，你的海岸

在万丈光芒里
从幽幽的山谷中
一眼望去
我的田野，你的海湾

茶叶、盐、酥油、鲜奶
无一不爱
壁崖上的纹路
几经人世
我的虔诚，你的千帆

帐篷、马、青草、檀香
经幡扶风

北方门前
我的草原，你的海岸

永　恒

这个世界的繁华
永远都在纯然僻静之处

风和雪相继吹来
带来了闹市的喧声浮动

远处的山
像一位若有所思的哲人

清醒的人和梦中的灵魂
哪一个更为庄严

四野荒芜
心里住着一颗心脏

看世间无常
看土地、气流、火焰或者荒芜

匆　匆

我不知道
此生还有多少日子，值得我雀跃

唯一知道的
是阳光、是雨滴、是麦苗
或自己，像一个老朋友

看不见风的时候
灰尘落在书窗
像一些悲伤，悄然而至

一滴雨从我的额头沁透身体
仿佛听到了云在山顶的呼吸声
延伸到山的另一头刹那消散

六月的思念

六月，思念泛滥
夜一次次，提灯敲窗

你是一坛烈酒，是我沉醉的理由
人生一梦，我们只当远别重逢

人间匆匆，不必惶恐
我只是散步，散到了人间

放牧的诗

我是一个牧人
终日放牧在群山的怀抱
赶着羊群也追赶云朵
在一幅山水中居住
画中的一切便是故乡

我是一个牧人
哼着歌谣眺望远方
山间一缕青涩的晚风
挥动着风中五彩的信仰
沉醉在空旷而寂静的暮色中
做一场纯粹而恬静的梦

我是一个牧人
将深情在故土里安放
伴着忠诚的牛羊
在一个盛满阳光的地方
脚下有土地和坚实的信仰

热　爱

你一定热爱过一些美好的东西
比如清晨的暖阳或金色的夕阳

我也那么浓烈地热爱着生活
因为所有的欢笑，都是滚烫人生
因为所有的悲伤，亲力而为

你也一定想让流云片刻地停留
因为你也热爱着它轻浮的奔忙
因为你也热爱着它沉静的忧伤

因为热爱，时而变得清贫潦倒
因为热爱，时而洒满充盈的光

纵然没有如约而至，也将热爱阳光
纵使前路茫茫，依然动情世间的时光

人间顾盼

等一个黄昏，落在你的肩上
赤着脚，在人间顾盼

分明，只是一夜风雪
又何来，一场春天

你可知
年少时，遇见的人
可能会带走整个青春

所以
每一座山都有错落
不必惊叹，不必方寸大乱

终有一日
你看黄昏
也像人生一样盛大绚烂

我和这个世界不太熟

我和这个世界不太熟
因为重逢和告别
像极了，生和死

我和这个世界不太熟
如果没有特殊的意义
又何必，冒死前来

我和这个世界不太熟
相熟的只有世间的清风
和世间所有夜晚

第四章

你悄悄地来，悄悄地走
转眼间，走了好多年
隔着茫茫人世
一遍遍放牧于山间

布达拉宫

初见你的第一眼
为你种下了一颗梵心

千年的轮廓
像无法融化的雪山
朦胧中，唤醒了前世的记忆
那一件，绛红色的袈裟
在金色的宫殿中参禅
或又独坐须弥山巅，静守高原

每一个黎明或夜晚
每一次重生或涅槃
是否都有一个炙热的信仰
或者都有一双忧郁的眼
皈依在红宫中，像一朵清修的雪莲

佛堂里的三盏油灯从未间断
仿佛所有的记忆都定格在千年

布达拉宫盛放着藏地的格桑花
在时光的倒影中梵唱流传
踏过红尘外，却又在轮回间

月亮湾

你是星府里耀眼的仙子
依偎在泉池拂袖的女子
你是坠落在草原的银河
是大山深处流淌的脉搏

你是诗人挥洒出的笔墨
舞动出秋月婉然的风姿
你是穿梭在红尘的精灵
穿梭在藏地千年的宫殿

你是那一湾甘甜的泉液
是祖辈流传坚韧的信仰
你是那一方静默的仙尘
立于天地间傲然的故乡

我的故乡

何其幸运
长在你温暖的怀抱
感受你的喜悦和惆怅
我将所有深情写在诗里

如此偏爱
犹如偏爱我的生命
更加偏爱守护高原的民族
甘愿把血与肉的情怀给你

多么情愿
用我一双稚嫩的手
无论富贵与贫穷
把我的梦和你系在一起

日落前

两匹白马、一封信
在日落前驮着一个灵魂

雪山席地而坐
诗中遍地是草原

在日落前把白塔的影子举过头顶
微风中看见你的笑脸

一朵花的今生与风相恋
牧人下马、轻叹

用梦染红一片云
见你安坐在落日前、佛前

煨　桑

满山的风马，满天的桑烟
千万棵柏桑的枝叶
这一刻灵魂已然安详
去往天神居住的殿堂

缭绕在山间，弥漫在高原
马背上英姿飒爽的牧人
飞舞在空中彩色的风马旗
是雪域高原上金色的信仰

守护的山神，供奉的神灵
那匍匐在泥泞里一世的虔诚
经幡起落间，一场轮回
是生命里一份盛大的回归

八廓街

尘缘里的一场梦
摇曳在金色的月光下
像八廓街夜里的繁星
从清晨到日落闪烁着耀眼的光

缓缓地踱步，走向陌生的人群
那是再熟悉不过的声音
喧闹而安静，孤独而温暖
八廓街一条通往先祖的隧道
将我置身在百年前的流年里辗转
在悠长的诵经声中缓缓地闭眼

带着藏北高原的风
吟诵着千年不变的六字箴言
借佛灯下的一缕微光

双手合十，最虔诚的信仰
颤抖的指尖，是我所有的语言
像是在梦中完成了一场灵魂的洗礼
在梵音袅绕的宫殿中，在婆娑世间的八廓街

石头上雕刻的咒语

由于生命不能久留
于是石头上刻满了咒语

像一件沉重的东西
或长或短，或有或无

看了生命一眼
偶尔，我的心智未明

我只求路边的云
偷偷告诉我，心要去向哪里？

热情和冷漠的火焰
洗劫了一切灰暗

石头上雕刻的咒语
或明或暗，或深或浅

旷野上的闪电

这狂野的闪电
是永恒还是瞬间

躲在灰色的云层间
裸露出高山的肩膀

有意或无意
一个一贫如洗的夜晚

灵魂腾空，闪着微弱的光
旷野上的闪电

在侵蚀的烛台下，在混沌的虚无中
在难以预料的人情里，在瞬息的星光中

时方八月，蔓延
轻叹于旷野上的闪电中

深山里的尘

初时，我并不知道可以如此
可以在如此寂静的地方

寄托着我的一切
这一次，并不像是梦
而是，我真挚的情感所向

此刻我重新回想着
那些，攀附权贵的绿瓦红墙

令我窒息得昏睡在血液之江
这并不是主宰我生命的全部
不然为何，指间还泛着微红的光

我只愿是深山里的一粒微尘
略有风过，便可起航

匆匆地飞过又轻轻地落下
抚摸人群的脸，轻吻绿枝，闻过花香
我也是鹰群的朋友，我们都热爱飞翔

夜幕之下

风知道
我曾炫耀过人生

也曾见路人，拍落一身尘
独自穿过整个世间

西北偏西，东南偏东
一夜人间，灯火无眠

我曾踏月而来，寻你在山中
谁料暖风和日落早已不知去向

世界从来没有安然睡去
只有月光独守一夜夜的人间

山野与深海，流云与光阴
从此，都与我息息无常

有风掠过我的双肩

风把白塔的影子举过头顶
举过沉重的信仰
它的影子刚好照着一些生命
以及我的生命

风把月亮的影子照进梦中
照在我黑色的帐篷里
透过一些缝隙照着一些生灵
以及我的生命

风把云的影子映在我的山头
滋养着山岗的羊群
专注地留在一片天地
和天地间的我

风把尘埃的影了撒落在我的肩头
撒落在我只身路过的草原
有些花盛开在牧场田埂
也开在我的梦中

帐　篷

金色的余晖下
奶奶的白发也闪着光
掌心的纹路像岁月的烙印
就那般自然地躺在她的手掌
颤抖的手将每一片牛毛毡
编织成了黑色的帐篷

它像夜空中一颗闪耀的星辰
遗落在高原部落的凡尘世间
站立成永恒在四季中更替
像山顶的云游离在高原

牛羊懒在帐房外咀嚼青草
时而抬头眺望嬉闹的孩童
穿梭在尘土和花海的童年
用一条带子系在腰间辗转

前世的牧人

我的前世应该是个牧人
不然为何如此地珍爱这片高原

不怕人生匆匆而过
只怕看不够四季的草原
不怕生命独自温热
只怕少了风寂静的陪伴

一盏青灯，火光四耀
我的前世应该是个牧人

一定是前世里剔透的泪珠
才凝结成欢嫁时一对金色的耳饰
一定是前世里未曾断念的红尘
才有今生不曾枯萎的相思

风的过往

你也曾希望
希望山水之间有个故乡

那一条寂静的白河
隔着一个世纪奔向远方
或许你也从那里经过
也迁徙着风的过往

匆忙的你是否能停留片刻
将自己托付于你
与你一起流浪
看云卷云舒，看潮起潮落

看我未曾见过的海洋
是否你也如我这般欢畅
听鸟儿鸣唱，看牛羊奔忙
你也知道了风的过往

是苍白里闪现的虹光
是寂静中无声的希望

山　间

山间的清风
多么希望能与你相衬
哪怕将这一生一世的誓言
托付与你

你悄悄地来，悄悄地走
转眼间，走了好多年
隔着茫茫人世
一遍遍放牧于山间

藏北门前，吹动了经幡
一眼望去，空山静谧
无意间梦落在枕畔
就多看你一眼，彻夜无眠

或者你早已步入轮回
又或者你走过了我的梦中
一遍遍地望去
风又拂过了双肩

一夜寂静

我的梦，触碰过太多的夜晚
像一件黑色的斗笠
除了去思考，除了盼望明天
好像一切都太过寂静

我总爱待在不知名的夜里
寂静无声，胜过一切欢声笑语
从一堆心事里扯出一件
足以让我，夜不能寐

尽管如此寂静，这也是人间寻常一日
眼下万家灯火，风从旷野赶来
我也曾经珍视过身体里的那只鸟
携着我的灵魂，再也未曾归来

我的小城

这个世界很吵
唯独在这座小城

所有的喧闹都有它存在的必要
时间在街道、人群、笑声中流走

在这个小得不能再小的地方
拥有了全世界

今夜遇见整个世界

这样的夜
让我耿耿于怀

草原和森林都已安然睡去
牛羊和云朵也随风迁徙
天边巨大的影子，像一座高山
荡漾在夜月下，泛滥在溪水中

天堂里的人点着油灯
每一盏都照着一个人
生和死，都将如梦
别离后又是一场黎明

朦胧的诗行
在梦幻中独自游荡
和庄严的信仰一并安放

第五章

用一根虫草续命
无非是一命换一命

卡瓦格博

以执念为引
酿一碗青稞酒
举过头顶的信仰
和神灵一般

以悲喜为引
打一壶酥油茶
带着雪山的恩惠
活在世俗的村庄里

以无常为引
看一次生命自然浮沉
像一位身披袈裟的使者
在晨钟暮鼓的古庙中修行

尘埃无声

祈求过一生的缘分
可它总在梦里或者梦外
仿佛弹指之间又像尘埃静落

寄托着一生的情怀
可它供养着我那些斑驳的梦
以隐秘的方式去窥探世界的人

窃盼着一生的慈悲
不经意间，把你写进诗的北方
于是，任凭一颗心去流浪

泊　岸

生命是一场偶然
或重生，或轮回

你穿过世事，向我走来
于是，爱上你既幸运又苍白

你和我之间仅仅隔着一场梦
一半用于相聚，一半用于遗忘

满世界都是流浪的白云
妄想在佛法里窥探前世今生

哪怕在尽头，佛终于觑见了你
从此，一生便不再枉度

若不曾相识

旷野的风
如若不曾相识
又该怎样度过平庸的一生

一片落叶
以人的姿态去爱你
若不曾相识
是不是该随风浪迹

一阵晚风
以诗人目光去看你
此刻，除了无边的宁静
还有月色也爱沉默

春风如你

如果，无法成为山岗的青松
那就做松间的春风

吹过流云，去往山峰
摇曳的小草，也一起欢舞

如果，无法成为远行的小溪
那就成为河岸的晚风

吹过落日的余晖
吹过春日里百花的生命

如果，无法成为麦田的幼苗
那么就去爱整个村庄
去吹散你眼里的悲伤
爱你孤身的影子，和你爱我时一样

转世只为遇见一场雨

远山，近水
初秋的新黄，在人间摇曳

暮光进入你的梦中
还需转过几度轮回

趁着夜色，忘却了世间的是非
爱也罢，恨也罢，坐观其败

将一丝牵挂埋于树下
风起时，相思成果

断肠时，将烈酒一饮而下
又将思念喂给消瘦的白马

终究，躲不过一场深秋的雨

牧归的人

我在北山上牧羊，你在南河边养马
一声轻叹，从此半宿无眠

轻狂的梦，只因我是北归的牧人
风在草地上沉醉后，宛如身在天堂

马帮驮着砖茶，入山后席地而坐
一曲牧歌在泥土和湖边吟唱

须弥山间在少年的顾盼之间
像隔岸相望的爱人

群山宴请，牧草为生
从此你在北山上搭帐，我在南河岸牧羊

用一根虫草续命

用一根虫草续命
无非是一命换一命

世俗的眼睛变得深邃
从此，没有优柔寡断的人

用一根虫草续命
无非是一生换一生

红色的炉火

来人间
寻一人

夜夜入梦
在岸边的云雾里歌舞

我爱那焦枯荒野上的雨
一场一场的瞬息

我爱贫瘠院落的枯木
活着谋生，活着谋死

用一颗凡人的心，去寻觅
风越深情，人越相思

无　期

世间的云，总有一朵为你而来
不远不近，专注地爱你一回

这无期的人世，并非坦途
隔着半颗心脏跳动的人间，遥遥相望

清风平分了四季，从轮回中来往
知道你在艳阳下坦荡，聚散由缘

无期的人间，坐听风起，卧看雨落
蓦然间回首，一南一北，千山已过

世间总有一人为你动容

黎　明

走在渡口
像一个摆渡人
神色匆匆

暮鼓晨钟
乘舟自渡
像是一场临别的梦境
又像黎明的光，亘古长青

误入一场烟雨，错峰相爱
独自参悟，奔走一生

如 故

春天，未至
山边的水埂中飞来几只丹顶鹤
来回踱步，时而仰望

听说，抬头一眼看见的云
并非贪念人间烟火
也是携着与前世的约定而来

听说，世间的所有的知己
都能够一眼相识
从此，笃定余生

我愿，你是

似曾相识的某一天
这个村庄的影子和你
是我追寻很久的梦

我愿，你是一片娇嫩的叶子
从窗口流出风，也会爱你
即使，你落在沙漠中

我愿，你是月色中的一道光
待群山睡去，我炉中的炭火都归你
岂止，从黑暗中挤出的光也给你

雪山总在眼前，有时比死亡还神秘
为难了这个世上的人
轻微与沉重，都使人变得无力

我愿，你是一缕游历的风
山谷间，岩石旁可都是你
坚毅的大地上，原本也只有你

温 热

太阳躲进了被窝里
在柔软的微光里沉沉地睡去
酣眠得像个孩子

夜色渐渐有了她的风姿
月亮挣脱了暮色
美得像是刚出浴池

清风在来时的路口
酒壶里那杯温热的自由
饱尝着世间万世的春秋

尘世之外
堆砌文笔，热烈而艳丽
纵然什么都不写就已足够

村　庄

我羡慕那些不期而遇的风
在不朽的诗里呼吸
给了一个村庄，足够的生命
在这风流的季节，藏匿着我的豪情

心里那一片宁静的湖
我赤脚涉水而过
只想在夜幕抵达前，路过你的梦
还好，这一轮月和我一样也未通世故

亲爱的你

月光用腮呼吸
雪花亲吻土壤

你不在，人间虚无
你在，人间滚烫

用今生做伏笔
将心事一一深藏

痴痴傻傻已过半生
送你山高路远，祝你归途坦荡

伴你一生

在高原蔚蓝的波光里
在山腰上金色的宫殿中

竖起宝幡，扬在风里
让我大悲，让我欢喜

白色的莲花也在人间修行
兴许这一世也有长久的情愫

这高原我从未离去
你涅槃成佛，我皈依尘土

第六章

临生前，租了一个皮囊
塞满了贪嗔痴恋

所以，灵魂总不能平衡
贪欲过盛，灵魂越空

生命之重

万物来来去去
生命起起落落

只因无心入了凡尘
方知人间皆过客

无尽的烦恼和热爱
都燃烧在佛前的香火中

业起时姻缘勿动
业尽时心隐若兰

皮　囊

临生前，租了一个皮囊
塞满了贪嗔痴恋

所以，灵魂总不能平衡
贪欲过盛，灵魂越空

长此以往
生命便有了长短

临死前，退还了皮囊
将所有欲望清扫而空

从此，人生无常灵魂摆渡
却是人间模样

或　者

或者，爱你
夜里彼此眷恋

或者，不爱
只是尘缘过客

或者，相逢
在乱世中相许

或者，擦肩
在梦境中思念

远方的爱人

风轻轻地在耳畔诉说
它将所有的情话都渲染成诗句

我细细地品读字里行间的思念
那是我听过的最美的誓言
像是晴朗的天上舞动的两朵白云

我眷念着你温柔的诗句
当大地再一次白雪纷飞的时候
让风从远方告诉我你的消息

从我的眼角你会知道我的情意
嫣然一笑，奔赴向你

一念之间

一片叶子
在一念之间顿悟

阳光、雨露、泥土甚至风暴
都是生命里重要的仪式

在夜幕中封印又在黎明前苏醒
从慈悲到普度都是灵魂的解脱

河岸的种子生出白莲
从含苞到凋落只在一念之间

扶起一个微笑

像一片叶子
爱着你不屈的枝干
从街角路过巷子的阳光
像清风也无法吹散的微笑

在蓝色的信纸上
用心调成彩色的颜料
在一首诗的结尾画一幅景
风把笑意融进花香里

我独坐在树下
用一种舒服的姿势
在苍白的诗意里
扶起微笑，让风看到

那一世

那一世
惜别尘缘，爱恨散在眉间

那一世
依别尘土，散去六字箴言

那一世
告别尘世，了去闲事生死

五月花

慈悲
有一种与生俱来的能力
从生到死的依赖
像高原上怒放的野花
开在世俗之外的藏地

像光
赐予平等的黎明
一个民族的仪轨
一场血与肉的情怀
是无常和因果的殿堂

信仰
红尘最美的梵音
回声在脉搏中响彻
是佛前忽明的酥油灯
将灯芯化为黑色莲花

一花一世界

也许
我还未出生
你就已经生长在这里

在四季更迭之间
一遍一遍地等待

抖落了一身的尘埃
你欣喜若狂地看着这个世界

一朵从云端开出的花
在微风里轻轻地扶起了脸颊

你定是世间的宠儿
不然怎么会尽享春雨

我路过

我路过
路过你的村庄
想要歌唱

可看见花儿凋落
想要询问
又怕惊扰了谁的梦

我路过
从你来时的路
在你叹息过的悲凉

我路过
风的悄然，雨的惆怅
祭奠着一切过往

我路过
只是匆匆的一眼
却又是人间最后一趟

如果有一天

如果有一天
和你相约在落日的归尘里
那必定是将余生相托的爱人
请容我羞涩，请容我欢喜

如果有一天
世间明净又深邃
甘愿受那冰冷的枷锁捆绑
即使没落，生活依然敞亮

如果有一天
如愿饱尝了世俗的无奈
哭和笑都诠释了相逢
像良辰，像美景

如果有一天
天光熄灭将要离你而去
亲爱的，不必徒增这悲伤
让我随风和信仰如烟一场

如果有一天

对这世界依然眷恋
一句关于你的誓言
埋在藏地是我一世的夙愿

长 情

藏北的风总是很粗犷
像一匹没有归期的野马
欲借尘土，惊落人间

玫瑰从未在这片土地生长
唯有一壶烈酒浇灌着滚烫的人间
长情所及，半生窃喜

山不见我，待我所遇
如果你也热爱浪漫
梦里并非寸草不生

冷风也爱上一场烟火
漫天的飞絮常驻荒漠
萍水相逢后是又一场至死不渝

秘境深处

山雾间，一页经幡
半生迷途，迟迟不见归途

出走半生，深爱长风
山外灯火，尝遍波澜

一片静谧的经幡、寺院、僧人
以参佛为生，以枯灯为伴

没有任何夜晚，使人沉睡
没有任何黎明，使人醒来

月色浓淡，人少清欢
所有的黑暗背负着欲望的真相

我与山川同醉，也笑山川多情
世间烛火，笑看无常自来

她

一朵花在风里欢舞
你路过，摘下她
……
她便不再自由

逝　去

夜晚的街太过迷醉
热闹和平静都归于这条街

去最热闹的地方修行
不必那么慎重

世界并不会因谁而变
悄无声息的日子总在村庄和山头

早该知道生活一半都在离别中
人间相逢，聚散终不由我

第七章

风活了很久
一边浪迹，一边寻找
了却浮生

一半一半

阳光普照，荒草依依
临水照命，夜宿寡谈

我与你
一半是白天，一半是长夜

我与风
一半是锋鞘，一半是马灯

我与命
一半在庙堂，一半在山水

我与梦
一半是孤傲，一半是梦魇

牧人归处

藏北偏西，一方高原
世间如你，来此一趟

如果你依旧赶赴黎明
不如，驰骋马背纵情
如果你还在月下踟蹰
不如，临风潇洒而立

长空鹰叫，酒醒良久
漂泊之后，赤足人间

如果你还是那个牧人
切记，莫忘清晨喂马
如果你只身归山牧羊
切记，莫忘黄昏归家

浮　生

生死的轮盘
旋转在一个又一个渡口

久居红尘
一颗心渐渐余烬成灰
一匹白马
独自远行或者销声匿迹

倘若陌路
又何苦相隔着茫茫世人
天若再蓝
是否接近了永恒

风活了很久
一边浪迹，一边寻找
了却浮生

如 你

如果今生
没有尘缘是为我而来
那么就该随遇而安

如果生命
注定让我饱尝孤寂
那么我定欣然接受

如果世间
也有如你一般的人
那么生命终将壮阔

捍卫者

像往常一样
脚步匆忙
像一阵阵隐秘的回声
回荡在来去的人间

我更专注于清晨的风
醒来时未来总是很遥远
那些映射在生活中深深的不幸
像斋月下一顿丰盛的晚餐

一个人也足以捍卫些什么
比如孤独与热爱、和谐与秩序
比如贫穷的村落、绝望的孤月
都足以度你一生

为你写诗

见你，我词不达意
和我落难在人间的笔
为你写一首消瘦的诗

一个空朽的灵魂
才配上一生的颠沛流离
芳华不再，尘埃尽染

土壤里埋葬了好多忧伤
再也种不出浪漫的花
赤地千里，熠熠如初

我贿赂月亮，将思念偷偷捎给你
是的，很喜欢

送　你

你来时
秋意泛滥
我与一些思绪正在周旋

在沉闷的日子里，送你清风明月
抵过世间好物三千

我在草原窥见山海
用一两春风，填八千潇梦

破　晓

一层薄梦，似醒非醒
只想赶在破晓前看你一眼

花开得迟了一些
这人间，物是人非
若你不在，我心也安

那淡淡痴痴的人
只想赶在破晓前看你一眼
或者，就约定来生

不知来生少年时
我们又在何处相逢
悠悠人间，愿你我一眼相识
从此，便一程山水，高枕青山

母 亲

你是我与世界的纽带
是我生命里的月光和春雨

我也是你藏进青丝中的白发
一缕一缕都在你心里

你是白昼和群山
是我疲惫里最暖的光

皎洁的月,羞容的花
不及你,都不及你美丽

诗与远方

有一种信念长在石缝间
像一朵野花，置身红尘外

偶尔眺望远方
看你是否还在征途

在这个小小的世界上
向无数的路人打听过你

最后的啼声告诉我
你已经回到那个远方

于是我用诗的形式
将情愫刻在你的故乡

等思念泛黄了几个深秋
又在一个春天里全部埋葬

自由如风

藏地的风
在时光里流淌

时而沐浴在阳光里
从不依靠从不寻找
时而撒落在游子掌心
从不骄傲从不沉落

我是你踏青时踩过的泥
眺望远方嬉闹间的少年
竖着耳朵听花儿在私语
幻化成没有悲欢的姿态

藏地的风
自由欢腾地流浪

不曾有多情的眼睛
从不思念从不眷恋
也曾透过缝隙的光
从不张扬从不吝啬
风总在看遍世界后沉默

于是，就默默告别了所有
雨散落人间时也很寂寞
于是，就悄悄带走了尘土

有时候

有时候
我像一只疲倦的鸟
停留在树梢或停留在屋顶
感觉一声鸣叫都是多余
叹息后又飞向了我的族群

有时候
我像是不知疲倦的马
终日奔跑在思绪的原野
不愿停息的是我仅有的心跳
意外的是风柔顺了我的皮毛

有时候
我像是静坐的山石
像山间里无法阻隔的溪流
安歇在一处院落或是木屋里
有飘荡的歌谣和诗中的神仙做伴

遇　雨

只想亲近一场雨
不要假装欢喜，要一场透彻的欢喜
一场喧闹的雨，欲言又止的雨
你看，树欲静而风又起

我贪图了太多的梦，缓慢而无声地增长
留在原地，十年前的原地
依然热爱高原阑珊的雨，浮游山谷的风
我爱它们时时刻刻的欢喜

像一场雨，淡泊世事
和我一样笃定生命
就在金色的黄昏里
踏月而来，只因山中遇你

诗人的叹息

当我们交谈甚欢
忘却了风月的深邃

深知世上某一个地方
在目力不及的地方
盛开成一方田园
那里也有默默的耕耘者

色彩缤纷，晨光熹微
天地间百朵云歇
奈何眉间新增了几许愁怨
这世间只有破碎才能圆满

店里的客人

深夜里的客人
一高一矮的身影
玻璃杯，两盏淡酒
谈笑风生，红尘远去
麦香四溢，脸颊泛红

眺望着远处的烛火
所有的记忆在夜幕的深处
当下的冷暖和一些斑驳的痕迹
暗淡的灯光下袅绕的香烟

一根接着一根地沉默
找不到归宿又寂寞的烟灰
看着炉火里温热的生活
男人嘴角浅浅的笑意

透过玻璃窗映着深邃的眼神
是平淡也无尽的往昔
店里渐变的灯光
没有朝阳也没有月光
只有风在欢舞

日子里

住在山里的日子
带着露水的那些早晨

山上住着山上的神
天边住着天边的云

风只是只言片语地掠过
在炽烈中与黑夜僵持

野花还没有完全盛畅
溪流还没有完成游历

我闭眼倾听雨和风
轻声告诫人世匆匆

此刻，把你没有看过的人间
都去深深看一眼

第八章

由于相信你在
我不得不，回一趟人间

原来是无常

总想人生可以很漫长
慢得可以让我细细地品尝悲伤
但是，悲伤总是会过去
无常会带走，悲伤的影子

人们总是惧怕黑暗
可黑暗占据了人生大半的时光
人们总说来日方长
可是谁又能一直奔走远方

多想在一场轮回前放下执念
去善待死亡去享受孤独
在成熟的因果中心系来世的光

一颗心念

菩提树下的发愿
明天和来世到来之前

请让我看一次雪域明朗的月色
哪怕轻扰了世人的梦
是谁在轻声地念《绿度母心咒》
采柏树做一串念珠
一颗一颗串成虔诚之愿

让一切在寂静中涅槃
再让众生的善念在佛前皈依
将那些清苦的梦和零落的尘
化为一次次前世的因果
和自由的风一起修行

梦　境

你多么像一棵树
像一棵永远向上生长的树

在我无数次斑驳的梦里
悄悄地叫醒了我

没有绫罗，没有绸缎
却能拥有世间的财富

当你走近，走近
像诗人的神韵
拾走岁月和我消瘦的梦

活　法

树的活法
是扎根在土里，不悲不喜
而我也得如树一般
坚韧而勇于对抗风的袭击
我会欢喜偶尔悲寂
将生命寄托在我的枝干里
去体验风去想象雨

秃鹫的活法
是寻觅善的灵魂化千里烟尘
而我也得如秃鹫一般
在雪山和草原之间盘旋
搁置在三尺神明的菩提世界
寻觅一颗孑然无尘的凡心
去冥灭业障的黑色教礼

梦的活法
是用春天的心勇敢地过冬
而我也可为做一个深情的人
簇拥着烈日而生的花不露声色地盛开
用我一贫如洗的清梦去还愿

在黑暗中发愁也在朝阳下烟消云散
然后还这个世界一尘不染的心

这一世

这一世
身披袈裟的一世

这一生
顶礼膜拜的一生

这一幕
前世今生的绛红

这一世
如梦似幻的一生

闭　关

寺院的午后
一道光散在院落的缝隙里
尘埃起舞，又回落

一个风尘中的人
渐渐地走向了寂静的丛林
密林中终于遇见了你

无处不在的菩萨
静修在一处高原
早已是千山万水千年万年

一颗心，一缕魂
皈依在三宝脚下
从此，在一滴泪中闭关

乞食者

在一场修行的人间里
多么像一个乞食者
乞讨着人间烟火
手捧着无法填满的钵

洗清了双手
打一叶溪涧的清水
在树荫草坪席地而坐
默默地享用着乞来的食物

日行夜息，云山为伴
清风享用，一世清贫
越是贫瘠，心越辽阔
无垠人间，一生如叶

由 于

由于相信你在
我不得不，回一趟人间

由于相信你在
我不得不，受一夜天寒

由于相信你在
我不得不，留一世情缘

由于相信你在
我不得不，赴一场生死

由于相信你在
我不得不，安顿好我的一生

慈悲为怀

生活的琐事堆积在我的脚踝
请不要催促我成长
我只是想在一个人的世界多待一会儿

请不要叫醒酣睡的我
窥见一场消瘦的春日
也不要潦草地清醒然后辗转难眠

请你对纷扰的世间慈悲
不要叫醒一个野生的诗人
因为他只有一匹马或一匹马的全世界

请你不要嘲笑他的忧伤
他就爱这个世间的风，也爱这个世间的云
唯独不敢去爱这个世界的人

这个世界的另一处

这个世界的另一处
在空门内又在空门外
一个人在雪中弹琴
另一个人在雪中知音

这个世界的另一处
在红尘内又在红尘外
一个人在佛前苦修
另一个人在佛前冥叩

这个世界的另一处
在今生里又在来世中
一个人在人群孤独
另一个人在寂静中云游

苦行僧

一花一叶一如梦
一生一世一尘埃

只是站在一个高岗
咀嚼着人生的味道
世人的纷扰和喧嚣
一种酸涩无处安放

佛前袅绕的青烟伴着两种声音
父母总在祷告孩儿健康成长
子女总爱祷告自己前程似锦
如此心灵便有了各自的归宿

那青灯下的一尊佛
千年的锤炼才铸为金身
墙壁上灵活的壁画
有岁月的雕刻才能舞动

大悲，后能生存
大喜，后能安然

一趟人间

未曾想过
一生无咎漫长

色彩斑斓后的落寞
竟然是几重苦苦的沙尘
在这须弥的尘世间
总会有一种信仰
能让你巧妙地获得解脱
像佛陀的禅音洗礼了人间

未曾想过
一生无咎短暂

生命燃尽后的重生
是一趟烟火璀璨的人间
斑驳的几轮月色中
总能闪烁着微弱的光
能让你看清楚世界的目光
纵然是那宛如黑夜的执着

唤醒的灵魂

夜晚把吞噬的灵魂又吐了出来
悄悄地放在银河的岸边
像璀璨的宝石，我们遥遥相望
把那些牵扯的生命，一一唤醒

我身体里的山川、冰河、原野
都是我每一寸命脉之所在
等风雪来临，又轻轻飘落在我的心上
我们相互致意，沿途是金色的花

山中的迷雾是风中的舞者
和一颗不羁的灵魂，坚韧而纯净
我在简陋的宫殿，供奉着信仰
生死起伏后一切归于平常

黄昏的泥土，倔强的骨骼
那些孤独的灵魂，各自绚烂
当万物穿过，当穿过凛冬
靠着炉火打着盹儿，沉沉睡去

前世的缘

那一世

我临走前

将心爱的人

托付给了那一夜的风

告诉了它我一生的眷念、牵绊

轮回中我流尽的一世的泪

化作红尘里一面静谧的湖水

每当湖面有波光粼粼

我知道那一定是风在传递你的消息

从南方的一个村落里飞向今生

飞越千山与我相会

你可知我内心的欣喜和忧伤

风把远方的叶子撒落在湖岸

我默默地读着你一字一句的思念

我仿佛又看见那一双美丽的眼睛

然后又化为尘埃落向了人间

飞到生与死的边缘，还你前世情缘

低 语

白天，可以容纳山川大地
而黑夜才能安放我的灵魂

想告诉你
我依然信奉生活

生活也曾从容
像草木、像泥土、像溪流

婆娑的年轮是你也是我
想和大地来一次深夜的长谈

有多少夜荒废了月光
又有多少来日方长沦为曾经的过往

在没有风的日子里
生和死都像一次人生的结尾

朦 胧

朦胧中
雨渐渐停歇了

天未大明
屋檐上几只不知道名字的鸟
叽叽喳喳欢腾一片

细细听去
远处传来几只黄鹂
那声音似灵动的音符
在空气中跳跃

远山上
是云还是雾
总之还未苏醒

起身开窗
未见一丝凉意
把昨夜的梦焐热一遍

愿一生所得，皆如你愿

第九章

用整个生命做伏笔
在风雨里惊叹，也曾为你慌乱

世人都懂得避让
唯我，赴汤蹈火不惜人间一场

深　夜

我只是和你一样
经过人间一趟

对这个世界
从未恶语相向

我钟情于每一个清晨
甚至黑夜

遵循的信仰
又将带我去何方

人生悠长
不息的风，安静在手掌
白天是一场浩劫
只有夜晚，才是人间一场

不是我，是风

岁月的声音
停留，奔走
我在南山上等风
在北山上牧羊

以月色为灯，用星辰做窗
一匹马带出一封信
此后长风穿林而过

知道众生里有你
将前世深埋树下
在一个午夜平稳地坐下
墨守一句情话

一间庙宇
悲伤正散发出清香
你看
不是我，是风

流　浪

一颗心，浮尘重重
流浪的人沉沉地睡去

一寸月，一夜风
有人执手夕阳，有人醉卧酒乡

我的心是旷野的风
在你的眼里流浪

我们都爱沉默，都为阳光感伤
眼看挤满了人，世界却是空的

窗　外

我只想悄悄地走出去
哪怕一次
和那些在冬季里散步的人
谈谈心聊聊前尘往事

于是，我推开窗
只见风在屋顶沙沙作响
眼前这旷野星辰、浮华灯海
无一是你，无一不是你

又一次陷入一场冬季里
云在山顶略显单薄
不知我的炉火能否温热到黎明
纵然看遍窗外繁花仍然渴望是你

倦　意

你看，三月的干草垛
多像秋天的清愁
山下的谷仓堆积的粮食
填饱了失重的灵魂

然后，陷入厚厚的泥潭中
冰冷彻骨的一场雪
像是在试探风的虔诚
热爱着、悲伤着、沉默着

在草原的渡口摆渡着人生
像一座孤独的花园
烟火渐浓，回忆渐淡
像每一个往日一样

嚼碎在平淡的生活里
安宁的梦和安静的心
却钟情这世上的人
沉默着、悲伤着，最后热爱着

天际的雪

整整一天的雪
谁的心事又要重扫一回

消散在天际的雪
夹杂着风的狂妄
深深重击了心脏
像是生命不知去向

陌生的神误解了我的信仰
把慈悲投向了人间
把一腔热血高高举过头顶
却只是祭坛上一颗跳动的心脏

那山谷的瘴气和雷鸣正敲击窗门
深邃的夜的眼睛像永恒的光
从此，厌倦了寻找
却依然忠于灵魂不卑不亢

污浊而纯粹，沉重而简单
迷惘而执着，粗犷而温柔

三月里的诗

你是一首诗
是写在三月里的诗

没有颜色和土地
但我依然心生欢喜

浓烟抹去了青山的容颜
抹不去修行的山路

青草和微风都在这里
心绪跟文字一样坦诚

我的心里住着三月的光
在寂静的夜里我想彻夜地歌唱
我爱你时，落笔成诗
你爱我时，山川如酒

江茸遇雪

一场雪
让这个陌生的地方
渐渐开始有了让我熟悉的样子

清晨金色的光照在萌动的草木上
也将余光照射在我的屋里

此刻心就像那道暖光下舞动的尘埃
欣喜得像一个即将要归隐尘外的人

开始期待这里的春天
想盘膝坐在溪边，听流水的声音

也想看浮在山顶的云，带来温暖的风
然后向风打听别处的人，告诉我你的近况

在这里，不求一亩良田只要一盏明灯
一盏足够亮足够看清四季的灯

最初的我

最初的我
只是前世里窥探了一眼人间的风
从此赤脚尘埃，涉足今生匆忙前来

最初的我
只是闻着一道青草的芳香
从此便托生为人，长在藏北高原的牧场

最初的我
只是遇见了途经我门前的少年
从此懂得了悲欢，只为寻一双深邃的眼

最初的我
只是散步在人间的烟火
从此微笑留在我的额头，快乐地度过一生

最初的我
只是一位历经人世沧桑的老人
从此梦境里有了太多的回忆化成了永恒

今 夜

今夜
汇集了太多的灯火
每一盏，都朝向我

静坐在一处偏僻的角落里
开始翻阅着思绪
每一页，都是我

灵魂在转世前
喝下了几壶烈酒，醉了几个轮回
说人们在烟火中歌唱或游历

溪流的歌声

或许你已经在这里流淌了很久
但是，于我而言却如新生

我从山的臂弯里抬起头
或许流云会消失在明天
但是等到起风了，花开了
我又会听到，溪流的歌声

所有的日子
仿佛，就是为了今天
就是等你一声欢快的歌唱
就当是我陪伴你的情谊

一颗蓝色的心
就如匆匆赶来赴约的梦
用尽我所有的热情去灌溉
又悄悄地渗透在我的灵魂深处

流浪的雨

在我窗外，滴答滴答的
是一场流浪的雨
总在下午五点，如约而至

多么像一个哨声伴着吉他的协奏曲
融洽得像是对生命全部的热情
那一定也是你用尽一切奔赴人间的使命

于是，落入我的窗前
足以牵动着一世的悲欢
那么鲜活的如生命般的雨
那稍纵即逝的人生总在你的歌声里

我们陌生得似乎只见了一面
在街道、山头、高岗或是夕阳
在我忧郁的眼中，你是全部的光亮

向　北

我贪恋懒睡
似乎轻视了很多个清晨
晨雾弥漫空气微凉
借我淡窗疏影，秋意深长

乌云守着天边
雨滴欲落未落
是在选择该在哪里绽放
还是要选择去一趟远方

我像走失的羊
穿越整片草原
山水皆为我伴
迎着北风一直走

愿

我愿是山河皎皎的清雪
只为这一世，目睹你窗前的娇颜

一个尚有余温的世界里
漫过人间春秋的跌宕

用整个生命做伏笔
在风雨里惊叹，也曾为你慌乱

世人都懂得避让
唯我，赴汤蹈火不惜人间一场

拥　抱

陆陆续续
身边坐满了人
可是，推心置腹的又剩几个

翻着余秀华的诗
眼眶湿润了，莫名的

好想从千里外
给她一个拥抱
或者让她抱抱我

我无声地听到她所有的声音
包括她夜里数着星星的声音
一颗、两颗、三颗……

口齿不清却那么认真

如果，我爱你

山谷里温柔的风
你看看那石缝间的野草
生出嫩芽在向你轻轻挥手
想让你看到，又怕你从此牵挂
依然轻轻地拂过我的脸颊
给了我一个春天般的温暖

世上美丽的花
你听听那曼妙的雨声
那雨声夹杂着我太多的情话
如果你觉得那雨声有些稚嫩
那一定是我傻傻的爱意
不经意时看着你微笑的样子

尘世间多情的人
你问问那流浪的云朵
是否思念着远方的故乡
愿你能畅游，又怕你徘徊
如若红尘的你还有一丝牵绊
请用一份深情写一封书信
回赠你前世或者今生的爱情

生命中的一根稻草

诗歌，是一根稻草
可以随风飘，可以沉默，但不可以不在
否则人就垮了

世间有千千万万种热爱
可唯独诗歌，成了我执着的爱
如果没有诗歌那和死了有什么区别

人生理应如此像一根稻草
需要借助一点风力更需要黄昏和朝霞
趁着你我有尚可热爱的执念

麦子的人间

麦子熟了，也许它未曾想过熟透
只是浇灌了水，然后刚好起了风

也许它也爱这个世界，胜过了黄昏
也爱与它的灵魂相仿的人

把丰收的希望碾碎在泥土里
和一颗心一遍遍地埋葬

在逝去的秋日里，每天都在死亡之上
在细雨中宽恕了这个世界的冷漠

第十章

我向生活致敬
一半致敬自由，一半致敬当下
没有一刻是多余的光阴
依然向往，无边无际

飞　鸟

当我望着人群
村庄里的冷眼、嘲笑、夜话
总是太多、太多

我想，换着一种形态去寻找
于是我变成了一只飞鸟

想寻一处安静的风一声轻轻的问候
一个憨厚的笑容，一个爽朗的朋友
于是我消磨了许多时间和耐心

白马夹着披风飞驰而过
或许，我该飞往山头
那里有野草、有河流、有枝叶

或许那里没有冷眼、嘲笑，也没有讽刺
幸运的话，还能结交几株野草
慢慢地等有了新的村子
我还是那个自由的飞鸟

最广阔的世界

生命，何其奇妙
一次出生换来一次死亡
都是难以掌控的事情
都在最广阔的世界里生息

与其把耀眼的星空
比作浩瀚无垠的宇宙
我更愿意将这星辰
更名为这个世界的眼睛

我想它知道这世间太多的秘密
来自森林、大海、沙漠、草原
它熟知我不知道的一切
我想它也看到世间的人心
那些善良、丑陋、复杂、简单
洞察了我不明白的一切

北野有风

若你无心采集三月的雨
那何不留意北野的风
征途在远处的勇士
唯有一口醇香的酒
才能稍解你思念的苦闷

夭夭的身姿，振振的君子
是否也知我从不过问世间之事

唯有梅花绽放，才得窥探人间春色
唯有月色娇艳，才得拂袖夺门而悦
纵然我徒留一场悲喜或一场春秋
仍有女子来饮我的酒知我相思

燕燕于飞，蛐蛐酣梦
如若你迷路于山中
路遇松柏便知北野有风
婆娑门前来来往往的河流

你便知山中人家
户户有马、家家有桑

写给诗人

好像风从来都不曾改变
一直在变的是等风的人
当你来时风起红尘外
像落在人间寻一场清欢的青松

岁月悠悠都只是红尘过客
当诗人遇上一缕残风
天地之间好像多了一点牵念
那是一件多么值得庆幸的事

奔走在田野的风尘中
由西向东是诗人全部思绪的延长
借我桑烟，云海，牧场
不经意间找到了世间所有的平静

绿松石

信仰是山间的绿松石
从我的祖先那里知道了它的名字

绿色的斑纹烙印在一个民族的血脉中
从此流向了万里高原藏北雪峰

牧人在山间轻轻地吟唱传出山岗
糌粑和青稞就是他珍爱的绿松石

守护高原净土的绿松石
在千年的梵音中苦苦地修行

那些镶嵌在藏地的绿松石
偶尔也升起桑烟舞动经幡

不期而遇

当我推门走进
迟疑片刻
你带着熟悉的花香
穿过了四季

像四海为家的云
像漂洋过海的风
你偶尔走向山顶
我偶尔拥挤人世

我们不期而遇
像远道而来的牧人
我们相逢一笑
却又感觉相识多年

她在睡梦中

童年的梦里有一个王子
站在森林的河畔
站在金色的阳光下

原谅我不忍提及永恒
那比爱情更可贵的永恒

她在睡梦中
炉火旁的食物和一盏安静的灯

一个一贫如洗的诗人
一个在田野间自由的旅人
没有人能够叫醒她
就像野花盛放直到燎原

相　逢

风从故乡吹来
人生是何等地缓慢
写了一封长长的信
寄给了你

冥想在过去和未来之间
独自一人穿过冬天

于是开始留意来去的风
沉默而耐心地等一场相逢

让我动容的远不止这些
还有浓烈的爱意和少年的忧愁

对　话

你留在尘世中的情话
一半对风说，一半对我说
宛如少年的梦触手可及
我也把星辰遍布在尘埃里

我向生活致敬
一半致敬自由，一半致敬当下
没有一刻是多余的光阴
依然向往，无边无际

我把一截落日换成黄昏
一半是记忆，一半是火焰
浑然成片的是最深沉的云
载着我走走停停

随 感

夕阳洒满金色的山顶
染红了凌天的一角
红色里透着浓浓的金色
相互交融，互相存托

风从河岸的杨柳下拂过
那浅淌在湖面的水草如此丰饶
沿着一片霞光慢慢地沉睡
浪迹在尘埃里淹没了坚定

从你凝聚的目光里
我仿佛看见了我和你一样
霭霭的暮色中忽近忽远的人
朦胧的诗意，吞噬在黑夜里

四 月

风从云间散开
有人微笑
像青鸟一般
飞过我的心田
隐藏了所有的悲伤
如同一湾，静水无痕
映射在江面的波痕
从此情丝堆积在眼角眉梢

一些爱情，一些枷锁
一些永恒，一些生命

四月的阳光
是你缓缓而来的脚步
在日暖时，摆动我的裙角
像草尖上轻轻的一个吻
这人间的四月天
是我贪恋这个世界的理由

永远是你

曾经以为
风可以告诉我世间一切

用一道完美的弧线
告诉我，它来了

总是聆听着它的声音
它温柔得像一个女子

我似乎看到它那颗柔软的心
深情的专注的眼睛

将一地的爱意拾起
把它埋在尘土下或者放进风里

倘若这世间没有柔情
那生与死又何尝不是悲剧一场

如若有一天生命停息
那也是我筋疲力尽的爱意

还请与我微笑着告别
我知道停在渡口的风永远是你

流　浪

原野里萧瑟的风
何处是你的归宿

如果一时间，找不到方向
那么请你继续流浪
浪迹在江湖，浪迹在人海

在天涯的尽头
不必回望，人世匆忙
世间都是故乡

拾起你的情愫
请容我斟满一杯
浓烈的过往
一饮而尽，随风飞翔
飞在你必经的天堂

故事里

风和雨
时而在浪尖
时而在眼眸

在泥土里憩息
又在尘土里飞扬

尘世的人
喧嚣中寂静的梦
斑斓的光
逃逸在风中

聚或散
只为重逢而欢
悲或喜
感念梦中冷暖

三 月

三月的小镇
慵懒的阳光

三三两两的人
人们围在一起打桥牌
我蹲坐了一会儿
实在难以融入
他们时而欢笑，时而沉默
认真的样子像是在与生活决斗

三月的海子
一个爱着高原的诗人
跋山涉水中的一眼暮色
望不穿的情意绵绵
蓝色的海角是你唯一的眷恋
贫瘠如我的人
怎会懂得你的思念

三月的生活
像一首沉寂了很久的诗谣
从一双忧郁的眼中

懂得了生活的一切

在波涛和孤独的钟声里
在我爱过深秋的暮色里
遗忘在柔软的文字里
从此，秋风四散坠落成诗

第十一章

偶尔独坐山峦
把目光投向遥远的天边
游荡的云，时而像马时而像烟
倘若此际，我是另一个我
恰好又重逢在纷扰的人间

日　子

我想，更靠近阳光
那是刚好可以温暖的距离
当我闭着眼睛感受你的温热
也比得过世间所有的拥抱

我想，日子总该慢些
让我领略水墨山林的沁韵
也让我读懂人情世故的焦灼
在闲淡的日子里品尝万种情怀

我想，俯览着旷野和群山
像云一样注视着天地和万物
时而弥散着悲欢，时而迁徙着过往
像拾起一片叶子又把它放在风里

我想，即便在日子里老去
写在宣纸上的诗文和此生的乡愁
也会随我一起流失在北国的风里
或许，会有人记得我们生前的模样

三月牧场

清晨大雾弥漫在草原
待一轮日出若隐若现
高原上那一缕缕漫雾
守着家乡的云野千山

草地上一层银色的纱帘
黑色的帐房点缀的轮廓
遗留在远山上的九眼石
相融神秘而古老的传说

那一面湖水凝结的庄严
宛如明镜没有一缕波澜
羊群和雪片飞舞后散开
守着三月的田野和故乡

迁徙的云

若是你路过草原
请一定要抬头看看
高冈上迁徙的云

带走了帐房里袅袅的炊烟
带走了空谷里满地的尘烟
我将它们化作身体的灵魂
和我一起浪迹四海的天边

乘着风我迁徙在北方
在山顶我眺望着高原
你若是也想一起流浪
我将停歇在天边回望

请让我带走河岸的清风
请让我带走森林的迷雾
我是云海最平凡的一朵
也是天地间多情的云

你若是路过我的家乡
请一定抬头看看
一朵正在迁徙的云

倾 听

世界总是奇妙的
可以和你挥手
就像朋友一样
雨也能带走你的苦恼
就像爱人一样

可是，亲爱的你
为何我们总是匆匆的
来不及回望，来不及饱尝
脚步越来越远，没有了思想

像孤独地漫过山间的云
像星空下独自闪烁的光
那些奇妙景致有我太多的梦想
胜过一切深爱的地方

好吧，亲爱的
我要起身了，将要去往我的故乡
趁梦未醒，怎敢染一身泥
炉火渐熄，起身远行

窗的冥想

记得你朝北开放
窗前有一片金色的树林
当风掠过每片叶子沙沙作响
有时候从林间飞来一只鸟，停下
站在你的身边沐浴阳光
那脸庞像你洁净的目光

记得你朝北开放
窗前是清流潺潺的故乡
当花盛开每一朵清香婉转荡漾
有时候蝴蝶破茧跃然纸上，安详
在寂静或喧嚣中，展翅飞翔
看湖面泛起阵阵波浪

我记得你朝北开放
窗前是通向未来静谧的路
当你起身寻找夜里闪烁的星辰
有时候风和雨同时涉足，沉浸
重逢了久别的梦拾起希望
在一个早晨细数过往

岁月的吻痕

那些在指尖消失的日子
总是那样来不及回望

记得每一道岁月的吻痕
都与我有着千丝万缕的关系

有时候自由得像一只小鸟
无拘无束给了天空无数的拥抱

有时候如同青草一般摇曳
和千万棵花草站在一起

有时候恰似夜空星海的繁星
不必是最亮的只要有光就好

看世间的万家灯火的宁静和喧闹
于是我静静地眺望那些纷飞在人间的诗

轮 回

如果万物
真的有一场轮回

站在山谷间的风
又何须踟蹰在高冈
握不住云的衣袖
也留不住沙的轮廓

如果尘世
真的有一场轮回

何不将怨恶轻轻消散
化作天空的彩虹
不必是闪烁的星河
只愿能和信仰一起歌唱

如果生死
真的有一场轮回

追溯的思念也该一起辗转
也该在六道轮回中启程
等下一次的蹉跎人世
弥漫或消散都是人间

漂　泊

我和我的马
游游荡荡来到西域
犹如丝绸化作的天梯
看壁画舞动看云卷云舒
漂泊在原野上久久地回望

我和我的鼓
兜兜转转来到古镇
穿过青色的石板小路
沿着雨巷走进客栈的木屋
时光且长只想独坐窗前闻鸟鸣

我和那个我
心心念念来到藏地
佛光照在世界的梦里
路过那焚着香的金色殿堂
用一生的眷恋品味藏地时光

听，风来过

我知道你是风的故乡
从你泛起的每一个浪花里
都能闻见你淡淡的清香

我知道你是风的故乡
当你翻滚着无数次惊涛骇浪
都能看见你是风的故乡

蓝色的波纹，荡漾的风港
稀疏的云海，牵动的心房

那是我未曾去过的地方
但我知道风一定有它的方向
追随爱人去了远方

海边的草房和苍老的渔翁
夕阳下的风都伴在他身旁

不曾远洋也不曾流浪
听，风来过

一夜冬季

忧郁的夜
一张冰冷的面孔
只见夜里瑟瑟发抖的星辰
是寂静的冬季

在夜的眼眸里
有黑色的山谷，黑色的森林
仿佛如同那一夜的冬季
只有屹立在风中潦倒的茅屋

夜里的天地
没有袅绕的炊烟只有热情的誓言
也能看见涓涓的流水清澈的模样
不经意间投下了月光的身影

多情的尘埃

我是那蹉跎在世间的尘埃
在前世的记忆中只记得你
像起舞的叶，像静谧的湖
朦胧间又像一世多情的风

我带着一丝丝前世的记忆
用轻盈的脚步幻化如烟尘
那一定是红尘里最美的梦
让我融化在你半世的哀愁

我带走了尘世的风和喧嚣
虔诚地叩拜在梵音的宫殿
闪耀在雪域高原的酥油灯
那一定是世间最美的繁星

游走在指尖的一缕缕檀香
婆娑世界我那前世的牵绊
开出了佛前的莲花和信仰
放下相思流转下一场轮回

牧羊人

在迁徙的岁月里
听一曲牧笛
婉转悠然飘荡在山间
那些远行的云朵回头望着故乡
匆忙间又闯入谁的梦中

阳光透过云层洒落在湖面
平静的光又是这般柔和
牧羊的人赶着高岗的羊群
像是寻找着散落在人间的星辰
自由漫然地畅游在青草地上
一幅牧羊画卷栩栩如生

天边有一条蓝色的波纹
似乎隔着一个遥远的距离
金色的大地上自由的牧羊人
信守着土地和他的信仰

偶　尔

偶尔独坐山峦
把目光投向遥远的天边
游荡的云，时而像马时而像烟
倘若此际，我是另一个我
恰好又重逢在纷扰的人间

飞驰的野马，入夜入梦
向风打听你一生的出处
哪晓前世今生皆是天意
只将一抔尘土一饮而尽
向遥远的山高歌一曲

偶尔，卧看悲欢
云烟之外是辽阔的苍天
让北风扶走一趟人间
此去山水多看了天地一眼
半日的青烟笑谈尘缘

倘若，前生的梦，遗忘了今生的你
为何，识得你的前世的轮廓，还渡我平生

向 往

你看阳光、信仰、诗歌
在同一个地方
一个没有尘埃的地方

其实
想要的就仅仅是这些
要的不多
只够一个人享用
那便足够

如果可以再来一点调剂品
鲜花、细雨、绵雪
要的也不多
够四季替换便可满足

或许，这也是我贪心了
罢了，索性只要诗歌
因为它承载了我一生的情愫

或许，还能奢求更多
草原、山川或爱情

第十二章

我把生活交付给每一首诗
于是，那些虚度的时光，
终有一天一往而深
倘若你在，
我岂能隐藏一世的情爱
任凭化风、化雨

我是一棵青稞

我是一棵青稞

生长在一处静谧的院落

每个清晨都会有酥油香飘过

于是我紧闭双眼呼吸

我是一棵青稞

看见阿妈在不远处祷告

期待远去的亲人早日归来

于是我双手合十默念回乡

我是一棵青稞

看见庭院里杨柳细腰依依

在风里高傲地舞弄百态身姿

于是我托着下巴享受她的曼妙

我是一棵青稞

听见远处佛堂敲击的鼓声

老人说这是大殿里僧人在祈愿

于是我静静聆听世间最美的韵律

我是一棵青稞

怀着感恩的心生长在藏地

渲染了我尘世的心一段红尘路

于是简单的信仰诠释平凡一生

我相信

世间的风
可以幻化成我的拐杖
让我触摸八廓街的青石板
每一遍匍匐都能走向光明

我相信
拉萨河的圣水
早已洗净我蒙尘的灵魂
沉浸在布达拉宫的檀香中
每一滴都是佛前的甘露

我相信
大昭寺的尘埃
也可以摇动转经筒
心底默念着梵文永颂着往生
将一生吹落在万丈红尘

我相信
婆娑的世界
我只是高悬的屋脊的雄鹰
用生命的代价借过双翼
盘旋在信仰蔓延的世界之巅

安多雨声

一场雨
用最温柔的方式
洗涤着草原的每一个角落
沿着帐篷的裂缝向外延伸着
最后的雨滴落在颤抖花瓣上
倾诉着思念又像从梦中醒来

一场雨
和着安多的风飘落
在极美的地方用最美的姿态
安详在尘土里飘零在院落
像在时光的缝隙间反复地涅槃
蹉跎重生在某一个雨后的清晨

一场雨
沉浸在牛羊的皮毛里
用虔诚的信仰乞讨着微风
牧童溅起水花嬉戏打闹着
潇潇的雨声清新了整个世界
万物都在雨后含苞待放

以梦为马

梦慰风尘
曾经的阑珊
编织成五彩的人生

我路过的风景
看见的是你耀眼后的伤
从此你像一盏灯
在喧嚣里我找到了光

我开始冥想
担负起生命的给予
不辜负一场人生的远洋
像你一样热爱、坚持、感恩

于是我和信仰随处可栖
我要最烈的酒和故事
只愿浪迹天涯，以梦为马

为你的容颜，倾尽我的一生

那一个春天，初见你的第一眼
似乎告诉自己我将为你倾尽一生
是前世注定，还是今生有约
在我萌芽的路上呢喃地叫住了你的名字

在风里，我看见云朵轻吻着你的额头
又在雨里变成记忆和爱你的方式
在风里，你在盛开的花蕾间苏醒
又在雨里增添对你的爱恋是如此浓烈

夏的丰盈写着爱你的诗句在字里行间
一曲牧歌悠扬婉转地回荡在山谷间
赤裸裸地在旷野听见你回应我的情歌
高原的深处绿色的遐想都是关于你

在梦里，你在金色的夕阳中，像是待嫁的新娘
在梦里，犹如山谷中的美人，婀娜的那般娇艳

秋的画家落笔神妙，描绘着你传承的信仰
五彩的经幡飞舞的风马玛尼石堆
一切信仰的点缀是你给我最坚实的臂膀

红色的袈裟穿梭在你最慈悲的殿堂

路过你，在不经意间看见了最美的你
路过你，我默许了对你不离不弃的誓言

冬的思念，借我一世款款深情
定格在我最美的华年像最初的模样
沐浴在你的柔情一段不老的记忆
谱写一段有你的誓言，我的故乡

一片叶子

当你路过村庄
我正抖擞着我的枝干
摇曳着身姿沙沙地歌唱
你站着不说话，就十分美好

当你含情地看我时
三月的风正抚摸着我的脸
我想那柔和的光也正爱着你
我们羞涩的微笑也是极美

当你转身离去时
我飘落在青色的草垛上
忧郁得像一个沉默的诗人
依傍山河，野马拂尘

如　果

如果可以
我将背负的过往一一放下
将恩怨化为灰烬
再也不必借谁的酒一饮过往

如果可以
让我丢弃疲倦的梦
让心去晒晒太阳
那破碎的记忆不再有痕迹

如果可以
就让漫长的冬季尘封岁月
让前程增添新的芬芳
和清风做伴坦坦荡荡

飞

启程吧
像风一样无拘无束
即便梦里夹杂着现实的污秽
尽管这污秽已经轮回千百年
飞吧，不惧坎坷又何惧忧伤

启程吧
若你愿获得如风的自由
总有一处地方是你的归宿
即便你不再是沉睡的多数
飞吧，不惧生死又何惧洒脱

启程吧
当你还愿思考什么是价值
尽管行囊里没有明天的夕阳
你且背负着一个梦想的模样
飞吧，不惧生活又何惧远方

乡间的小路

老家
有一条曲折的小路
两边站着郁郁葱葱的树
高高低低的影子逃逸在风里
从晨曦逃进晚霞

屋檐下的雨滴穿过了叶子
最后又淌进了路边的池塘
我站在林间的木桥上远远地望
天边的牛羊何时回到它的牧场

爷爷手上爬满了岁月的光
在木屋里炒着青稞换冬粮
远方的山顶上有牧人也在高唱
歌词里写满爷爷和家乡的芬芳

故乡的青山上有稀稀落落的帐房
袅袅的炊烟在风里轻轻飞扬
一朵一朵变成了云的模样
我也回到了属于我的家乡

我相信你会幸福

我相信你会幸福
因为你爱这世间的一切
那些悄然而至的暖阳
那些灯火阑珊的村庄
都是你热爱的模样

那些光影中投下的希望
那些一度使你坚强的目光
或者你早已眺望远方的风景
又恰好会是你喜欢的芳香

我相信你会幸福
因为你珍惜这世间的一切
无论贫瘠还是富足
你总在迷雾的渡口找到方向
你说故乡的云会带你流浪

会有一双翅膀带你飞翔
去雪山之巅，去天竺之南
去抚摸青山的轮廓
去拥抱黑夜里的星光

我相信你会幸福

因为你说繁花如梦只求一世安康

重　逢

我也曾卸下过往
丢弃行囊、梦想和希望

擦拭鞋底的泥土
别过夕阳、落寞和悲凉

那些季节里落下匆忙的雨
遥远的别离和消瘦的回忆
皎洁的月光和大海的波浪
恍如隔世的爱情如梦一场

总有一方山水
重逢在无尽的山间
与几丛野花相依相伴
从此，不弃不离

为 何

为何
要将经幡挂于高空
为了吹过经文旗的风，触碰到有情众生

为何
要将法轮置于溪流中
为了让日夜转动的经轮，救渡沧海众生

为何
要在磐石上雕刻咒语
为了让所见心念众生，慧解人间疾苦

为何
要在佛龛上点亮酥油灯
为了驱逐黑暗重获自由，慰藉灵魂与生命

死 于

有些人，死于耿直不屈
有些人，死于贪婪成性

这是个什么世界，木讷如我
该怎么表达这贫瘠的爱和土地

有些人，死于同流合污
有些人，死于不敢苟同

孤独总会比我先行一步
深暗的天、无垠的地多像抽象的诗

有些人，死于赴汤蹈火
有些人，死于安之若命

那些填满落日的山野和村道
把每一道光投向隐秘的角落

相　识

孤马入秋，牛羊随后
人间一夜，相识远山

你说的远方很远
于是，我只能留在原地灼灼地眺望
朝向你的方向，守着南山、守着暮色

我把生活交付给每一首诗
于是，那些虚度的时光，终有一天一往而深
倘若你在，我岂能隐藏一世的情爱
任凭化风、化雨

人间的滚烫在日落后溃散
站在世俗的灰暗里，更要像一支英勇的火炬
比起落日和黄昏，我更爱你
比起黎明，也更爱你

飘过我城市，你的雨

飘过我城市里
这一夜雨

把思绪放空在山野间
安置了疲惫的身体和灵魂
你像一场雨，在我身边舒展开
是浓郁的青草丛中抽出的枝丫

我不需多问便知道你的来意
用一勺剔透的露水芳香四溢
灌溉着迷茫和热爱的日子
眼里温柔的世界全是你

活着，就该巧遇纷纷扬扬雨
一别一聚，竟是一场繁华的流年
活着，就该让梦陨落又升起
一颦一笑，竟是一场灯火通明后的无眠

牧羊姑娘

青草尖尖，露出锋芒
泉水叮叮，无眠一场

三只白羊在云端流浪
风过了山岗和你去放羊
爱过的人是否早已不知去向
悲喜的过往只求人间无恙

最漫长的岁月
不过是空等一场
错过的人将梦轻轻擦亮

青草尖尖，露出锋芒
泉水叮叮，无眠一场
黄昏下的牧羊姑娘

让我的骏马送你回乡
山外的天空有大大的太阳

来的去的只是匆匆一趟
最辽阔的梦

还是人间滚烫
漫长路程，也有旧旧的时光

青草尖尖，露出锋芒
泉水叮叮，无眠一场

第十三章

夜深了星星敲了窗
我把梦伸向了另一个世界
在那里也有一个冬天
也有温热的炉火和爱人

虫 草

小的时候
我是躺在土里的幼苗
顺着泥泞的缝隙
爬上了草丛匍匐在山腰
看冬天的雪，数夏天的云

长大一些
在草丛里伸出半个脑袋
身体蜷缩在白雪和泥土间
变成了一棵褐色的草芽
我站在土里，听风寻觅

等到夏天
一双黝黑的小手
从泥土里抖擞着我的身体
然后便知道了生命之谜

最　后

塔林渐深，信仰未减
烟过浮云，水染清衫

在世俗中沉默
一个人的时候更靠近春色

满城的烟雨落了一城
相思沾染了枕畔的梦

独自撑了一夜的伞
用尽所爱，哪怕睡意沉沉

最后
趁着天明，把梦焐热一遍

风花雪月

想唱一首理想
用民谣的曲调轻唱
跟随你的足迹去流浪
流浪在世间的某一个北方

想听一遍花开
当花蕾在夜间轻放
雨滴从你的枝叶滑落
你从梦里渐渐苏醒绽放

想看一场飞雪
在银色的世界里舞蹈
欢腾的足迹是我的轻狂
将浮躁都消融在指尖蒸腾

想梦一湾明月
在山间皎洁的仙子
宛如仙境里勾勒的池塘
好比夜空里羞涩的新娘

信　仰

信仰是风
是身披袈裟的行者
像飘在远空的经幡
在诉说、在传承，也在祷告

信仰是云
是转动经筒的声音
在佛前悄悄地盛开
是渴望、是牵绊，也是坚持

信仰是光
是殿前的一盏油灯
双手合十闭目冥想
是相容、是安然，也是祈愿

信仰是路
是开在藏地的雪莲
向自由清澈的世界
是善念、是生命，也是永恒

牧　人

像苍穹下的一粒星辰
你是世间虔诚的信徒
不羁的灵魂像一道光
匍匐的身心傲立尘世

高原静谧浮动着闲云
润物无声山歌却悠扬
生活在原野的放牧人
身裹着银器流浪天际

肥壮的牛羊迁徙远方
这是牧家游离的脚步
怀抱着对四季的恩情
奔驰在千里疆域安康

羊皮袄下坚韧的民族
绽放在高原的雪莲花
像部落里脱缰的野马
茁壮在世间的某一方

马蹄声踏过千里河川

水花溅在高原的牧场
是自由和信仰在歌唱
沧桑中一副祥和之相

灰 烬

冬天的夜
稍显黑

山脊的雪
是否也热爱这清淡的岁月
微微颤抖的除了我的手
还有我温热的灵魂

一场火
何必救赎无关生命的东西
徒增一寸寸人间荒凉
它原本该是无常的模样

回到山中，梦才有了方向
既为灰烬，何不燃尽毕生信仰欢畅

炉火旁的爱人

屋顶上积满的白雪
是你撒向人间的爱情吧！

炉火煮开了清茶
一杯杯地冒着白烟
窗缝中飘进一丝凉风
屋里的烛火抖动

我依然轻轻地烹茶
这是我最喜欢的时光
轻轻地伴着炉火中的滚烫
把黄昏倒进茶杯里一饮而尽

夜深了星星敲了窗
我把梦伸向了另一个世界
在那里也有一个冬天
也有温热的炉火和爱人

牧云记

远方的风
这一次你将去向何处
是否也有一片辽阔的草原
让你风尘仆仆

山岗的云
这一次你又流浪至何方
是否也伴着一个苍老的牧羊人
让你不再孤独

牧羊的人
这一次你几时才能归去
是否一样寻找到所有的牛羊
才能伴着牧笛声回家

终其一生的平凡

当我醒着去感受黑夜
星辰的诺言是否还足够闪亮
这夜的目光依然清澈

倘若这个世界没有喧哗
那么，寂静会让孤独更加淋漓尽致
倘若这个世界不懂得宁静
那么，所有的生存是否都没有痕迹

咀嚼了阳光、风雨、云迹
是否足以饱尝这人间的悲喜
细描着枝叶、花瓣、泥土
是否足以成就如你一般的人

为何我的火炉前布满灰尘
仿佛每一颗都是人生的碎片
或许是终其一生的平凡之旅
在灵魂的渡口泛着金色的光

不知疲倦的人生

冬季里路过几盏灯
时而通明时而微亮

在寂静的村庄交谈心事
在这不知疲倦的人生中
渴求的一场梦依然美妙

我无数次地观赏这个世界
广阔的天地间小小的尘埃里
当书页被风合上
让我轻轻地告别吧！
也让我欢度每一个节日
和深爱我的人

在生命的齿轮中保留热情的心
无论你是谁请抛弃悲伤
温柔地奔跑仁慈地微笑
和相识的人散步任由阳光拂过
过一场不知疲倦的人生